75 YEARS

D1832277

विनय कुमार

विनय कुमार का जन्म 9 जून, 1961 को बिहार के जहानाबाद ज़िले के कन्दौल गाँव में हुआ। उन्होंने पटना मेडिकल कॉलेज, पटना से एम.डी. (मनोचिकित्सा) किया।

उनकी प्रकाशित पुस्तकें हैं—'क़र्ज़े-तहज़ीब एक दुनिया है' (ग़ज़ल-संग्रह); 'आम्रपाली और अन्य कविताएँ', 'मॉल में कबूतर', 'यक्षिणी' तथा 'पानी जैसा देस' (कविता-संग्रह); 'एक मनोचिकित्सक के नोट्स' और 'मनोचिकित्सा संवाद' (मनोसामाजिक विमर्श)। उन्होंने इंडियन साइकायट्रिक सोसाइटी के लिए मनोचिकित्सा-शिक्षा विषयक पाँच किताबों का सम्पादन/सह-सम्पादन और मानसिक स्वास्थ्य की हिन्दी पत्रिका 'मनोवेद डाइजेस्ट' का सम्पादन किया है। मनोरोग से सम्बन्धित विषयों पर अख़बारों तथा पत्रिकाओं में उनका विपुल लेखन है।

भारतीय मनोचिकित्सकों के सबसे बड़े संगठन 'इंडियन साइकायट्रिक सोसाइटी' के वाइस प्रेसिडेंट और प्रेसिडेंट इलेक्ट।

उन्हें 2007 में मनोचिकित्सा सेवा के लिए इंडियन मेडिकल एसोसिएशन के 'डॉ. रामचन्द्र एन. मूर्ति सम्मान' और 2015 में 'एक मनोचिकित्सक के नोट्स' के लिए 'अयोध्या प्रसाद खत्री स्मृति सम्मान' से सम्मानित किया जा चुका है।

सम्प्रति : मनोवेद माइंड हॉस्पिटल, पटना में मनोचिकित्सक।

ई-मेल : dr.vinaykr@gmail.com

पानी जैसा देस

विनय कुमार

राजकमल पेपरबैक्स

राजकमल पेपर बैक्स में
पहला संस्करण : 2022

© विनय कुमार

राजकमल पेपरबैक्स : उत्कृष्ट साहित्य के जनसुलभ संस्करण

राजकमल प्रकाशन प्रा.लि.
1-बी, नेताजी सुभाष मार्ग, दरियागंज
नई दिल्ली–110 002
द्वारा प्रकाशित

शाखाएँ : अशोक राजपथ, साइंस कॉलेज के सामने, पटना–800 006
पहली मंज़िल, दरबारी बिल्डिंग, महात्मा गांधी मार्ग, प्रयागराज–211 001
वेबसाइट : www.rajkamalprakashan.com
ई-मेल : info@rajkamalprakashan.com

बी.के. ऑफसेट
नवीन शाहदरा, दिल्ली-110 032
द्वारा मुद्रित

मूल्य : ₹250

PANI JAISA DES
Poems by Vinay Kumar

ISBN : 978-93-95737-28-9

अनुपम मिश्र के लिए
जो तालाब की तरह खरे थे

आभार

कभी साइबर स्पेस में एक पेंटिंग दिखी थी। उसमें एक सरोवर था, नरम महसूस होती धूप थी और सीढ़ियों पर उस सरोवर को देखती एक मानवी। पेंटिंग आई और गई, मगर एक रोज़ नींद और जागरण के बीच वह फिर झलकी। जाने क्या था उसमें कि मैंने उसे बारहा याद किया। ढूँढ़ने की कोशिश भी की, मगर दुबारा दिखी नहीं। दिख जाती तो शायद अधिक तृप्त हो जाता, मगर वह अतृप्ति हासिल नहीं होती जिसने मुझे पानी की तरह दौड़ा दिया। इस संग्रह में उसी जल-अवतार की कविताएँ हैं। मैं अपने जल-अवतार में कहाँ-कहाँ, कितना और कैसा दौड़ा यह आप देखें; मैं तो वह जीवन जी चुका, जो सुन्दर सरोवर से चलकर कथा-शेष नदियों की गर्म रेत पर खत्म हो गया।

यह संग्रह अब मेरा नहीं, पृथ्वी के जल तत्व के चिन्तक अनुपम मिश्र की चिन्ताओं और आपकी संवेदनाओं का है। अगर एक पंक्ति भी आपके अन्त:सरोवर में गिरकर कोई लहर उठा सके तो अपने इस लघु जल-अवतार को सार्थक समझूँगा।

कोई साल-भर लम्बी इस यात्रा और बनती हुई पांडुलिपि को आत्मीयता से देखने-परखने के लिए मित्र और प्रिय कवि कुमार मुकुल का आभार! कविताओं के अर्थ और मर्म को हृदयंगम करने के बाद ही अपनी बात कहने के आग्रही आलोचक शिव किशोर तिवारी ने कई बहुमूल्य सुझाव दिए। उनका बहुत-बहुत आभार! और अन्त में राजकमल प्रकाशन समूह के अध्यक्ष अशोक महेश्वरी जी और सम्पादकद्धय सत्यानन्द निरुपम जी तथा चेतन क्रान्ति जी का आभार कि आपने मेरे कहे को एक सुन्दर और त्रुटिहीन पुस्तक का आकार दिया।

पटना, 2022 **—विनय कुमार**

क्रम

मिल जाए तो जानिए बीते सभी कलेस
मछली जैसी जान को पानी जैसा देस

नांदी पाठ

कार्तिक मास पूरा चाँद निर्मल आकाश
मर्मर की सीढ़ियाँ पिघले हुए चाँदी-सा जल
चमकते उल्लास की रौ में तारे कुछ झुके हुए
तभी बहुत छोटा-सा
बादल का टुकड़ा एक प्रकट हुआ
जिसे देख चाँद तनिक झुका
हवा ने बादल से कहा
इन्हें मेरे हिंडोले पे रख दे

रात और चाँदनी से बनी दो परछाइयाँ
हवा में तिरती हुई
उतरीं सरोवर के सोए हुए जल पर
जल ठहर गया
वंशी का धीमा-सा स्वर पसर गया

सीढ़ियों पर कुहरे में डूबे

परछाइयों के जोड़े चाँदनी में
चेतना के चित्र-से चहक उठे

एक थी दूध की नदी-सी
भीगे हुए पत्थर के रंग के साये से सटी

दूसरी पन्ने की परी
रेत के रंग के पुतले के गले में हार-सी जड़ी

तीसरी कच्ची मिट्टी की नाव
इज़्ज़त से घेरे हुए जिसे उमड़ती नदी का बहाव

चौथी रुई के रेशों से रची
कत्थई कोट की बाँहों में बसी

अलग-अलग सिम्त की सीढ़ियों पर

अमृत-समाधि-रत चार ये जोड़े
पाँचवें के रास से इतने अनजान
जैसे उन्हीं की आत्मा से उठी हो
वंशी की बहुत धीमी तान!

सूखी और साफ़ सदी की तरफ़

एक सूखी और साफ़ सदी की तरफ़ जाते
मेरे अजन्मे बच्चे
हमने पानी और पेड़ इसलिए मारे
कि तुम्हारा भविष्य उज्ज्वल हो सके
जन्म लेना तो देखना—कितना उज्ज्वल है सब कुछ
स्वर्ग-सा दीपित सारे अम्ल और सभी क्षारों से मुक्त
न कीच न पतझड़ न ऋतुओं का चक्कर
न परागों के छींक-कराऊ झोंके
न रात-भर में लाश बनते फूलों के टोकरे

हम पृथ्वी का सारा नरक
अपने स्वर्ग में लेकर चले जाएँगे वत्स
नदियाँ और आवारा बाढ़
सागर के ज्वार और फ़ेन के पंख तक
और यह सरोवर तो यक़ीनन
जिसकी सीढ़ियों पर बैठा

शब्दों की बीड़ियाँ फूँक रहा हूँ
और सड़ी हुईं मछलियों की बू मेरी कविता में फैल रही है!

जल-यात्रा

एक प्यास की यात्रा थी
जो अनोमा के जल से नहीं बुझ सकती थी
यह बात छंदक समझ गया था और कंथक भी
लौट गए थे दोनों अनोमा के जल से भीगे
रेत-सी जलती आत्मा लिये आगे बढ़ गया था वह

अचिरावती का जल बहुत मीठा था किंतु इतना नहीं
कि आँसुओं के नमक से बने प्रश्न गल सकें
थोड़ी देर तक दोनों एक दूसरे की विवशता को देखते रहे
और तब नदी की पराजित मिठास ने कहा—आगे गंगा है

गंगा के पहले एक आश्रम मिला
और वहाँ एक कमंडल और उसमें बहुत थोड़ा-सा जल
कमंडल ने कुछ बूँदें दीं तब उसे पता चला कि उसे किस जल की खोज है

आगे गंगा थी बहुत कुछ बहता था उसमें

तरह-तरह की तृप्तियों के दावे
उसने चखा तो पाया कि इसमें
जल की मौलिकता से अधिक कहानियों की मिठास है

गंगा ने उदास कर दिया था उसे
इतना उदास कि उसे नदियों से कोई आशा न रही
आगे राजगृह की पहाड़ियाँ थीं और उसके हठी झरने
उसे झरनों से घायल मिट्टी ने सिखाया
जीवन हठ नहीं है, आगे जाओ सिद्धार्थ

और आगे फिर एक नदी
किंतु लगभग सूखी, बस इतना ही जल
कि नदी और यात्री दोनों जीवित रह सकें
और सिद्धार्थ समझ गया—यही है मेरी सरस्वती
दुःख और मृत्यु की वज्रताओं से मुक्ति का आसन यही
प्रश्नों की बनी यह देह यहीं छूटनी है

इसी के जल के धागे थाम जाना है उधर
जिधर सब का सरोवर

वह सरोवर अब नहीं
जिसने अभी-अभी हुए बुद्ध का पहला एकालाप सुना था
और झेंप गया था कि मुझसे कहीं ज़्यादा पानी इस पुरुष की वाणी में है
मगर वह नदी अब भी है
जिसके तट पर बुद्ध की कथाओं का वास है
यूँ तो सूखी रहती है
मगर पावस के प्रेम से उपकृत हो जब भी बहती है
कहती है कि बुद्ध की वाणी में मुझसे अधिक बहाव था

और अब भी है वह महासागर
खारे आँसुओं से भरा
जिसे बुद्ध ने पार किया था
और मीठे जल से भर गई थी

अनंत तक फैली तप से तपती हुई अँजुरी
जिससे आज भी टपकता है ठंडा और मीठा जल!

अन्तिम

आहिस्ता-आहिस्ता टूट जाएँगी सीढ़ियाँ
निथरा हुआ जल देती मिट्टी गाद बनकर भर जाएगी

कम होता पानी
पृथ्वी के अन्त:पुर में पनाह लेने को खिसक लेगा

एक बूढ़ा और बीमार बगुला
अन्तिम मछली को अन्तिम निवाला समझ देखता रहेगा

दोनों में पहले कौन मरेगा यह ईश्वर नहीं
अन्तर्धान होता पानी तय करेगा!

सिरजन की सिकड़ी बँधी, बँधा सकल संसार।
कच्चा सूता नीर का, पक्का कारोबार॥

शरद की मुस्कान

सरोवर में उतरती सीढ़ियों पर
बैठी है दिसम्बर की धूप

हवा में हल्के रहस्य के तुहिन कण बिखरे हैं

सीढ़ियों पर पड़ते वृक्षों के साये
किसी सुख की प्रतीक्षा में चंचल हैं

और उधर नीचे बहुत नीचे
हृदय में सरोवर के नाचती मछलियाँ
ठहरे पानी को मरने से बचा रही हैं!

शिफॉन

सरोवर की सीढ़ियों पर
शरद की धूप एक दृश्य-भर नहीं है
अभी-अभी आई ऋतु का
अभी-अभी खुला बिस्तरबन्द भी है

सबसे ऊपर पीली-सी ओढ़नी शिफॉन की
नीचे पता नहीं क्या है
काले अक्षरों-सी चींटियाँ लेती हैं टोह
कि गरमाहट के सिवा और क्या

कल्पना से होड़ लेते पारखी परिंदे
पंख फटकारते हुए छोड़ते हैं कूट संदेश
सब कुछ जानती हवा हँसकर सहेज लेती है

पारभासक पीली यवनिका के पार
और भी बहुत कुछ हो रहा होगा

जो मेरे नैन और बैन से परे

कि सारी की सारी कविताएँ कह पाना
किस कवि के बस में!

मर्म से लगी

दुनिया की सारी सीढ़ियों का गन्तव्य ऊपर, पृथ्वी से दूर
और नीचे बसे बंकरों और तहख़ानों की उतराई गुप्त

खुले में सिर्फ़ सरोवर की सीढ़ियाँ नीचे जाती हैं
जहाँ पृथ्वी के हृदय में बसा पानी
पैठने वाले को अपनी पूरी तरलता से अपना लेता है

ठीक वैसे ही जैसे सीढ़ियों पर बैठे मानुस को अपना रही
सूर्य के मर्म से लगी दिसम्बर की हल्की पीली धूप!

सांध्य राग

सरोवर अब भी वहीं है
पानी और उसके भीतर की मछलियाँ भी
मगर धूप जा चुकी है
पश्चिम दिशा की आँखें लाल हैं
थोड़ी ही देर बाद अँधेरा आएगा
और देखने वाली आँखें सो जाएँगी

नींद जितना निहत्था करती है
उतना ही मुक्त

अब सरोवर की सीढ़ियाँ मेरे भीतर उतरेंगी
शरद की मुस्कान के साथ
फिर जी उठे पानी में मछलियों का नृत्य
आत्मा के अनन्त को आन्दोलित रखेगा!

सुख-रात्रि

सूर्य के बाद ज़रा-सा चाँद आया था
वह भी जा चुका है
अब सरोवर दिखाई नहीं देता
गाढ़े अँधेरे में डूब-सा गया है

सीढ़ियों की काया और पानी का मन एक रंग है

पृथ्वी ने चाँद की खिड़की तक को बन्द कर दिया है
और सारे सितारे अपनी-अपनी कहकशाँ में गर्क

ऐसे में सिर्फ़ छूकर ही देखा जा सकता है

यह बात हर शय को छूती-छेड़ती हवा को पता है

पास-पास तैरती मछलियों
और पर जोड़े लेटे पंछी युगल को भी

कमल के मर्म में धँसे भौरे जब रिहा होंगे कल
पूछ लेना कि छूकर देखना क्या होता है

प्रेम

जिनसे उतरता था मैं कभी
और काँपता जल देखकर लौट आता था
वही सीढ़ियाँ मुझमें उतरती हैं
और काँपता हूँ मैं
उसी सरोवर के जल-सा
काँपता है मेरे हृदय के अलिंदों में
नीले से लाल हुआ रक्त!

अन्य-अनन्य

यह सरोवर मेरा नहीं
न उसकी सीढ़ियाँ
खिलती हुई धूप भी नहीं
दृश्य भी सिर्फ़ मेरा नहीं
मगर यह देखना मेरा
क्षणों से छिटकतीं छवियाँ मेरी
सरोवर की मछलियों-सी
मेरे भीतर नाचती हैं वे
और मेरे पाताल को बर्फ़ होने से बचाती हैं!

इसीलिए तो

निशीथ के निर्मम सन्नाटे में
देह खर्राटे ले रही है
जाग रही आहत आत्मा
पूछती है कवि से—
तुम्हारी बुद्धि को क्या हो गया है
उसके धंधों की धूल कैसे सहते हो
दम नहीं घुटता

कवि मुस्कुराता है—
इसीलिए तो...
सरोवर की सीढ़ियों पर बैठा हूँ
कि जीवित रह सको तुम
और देख सके अपना विद्रूप वह विपथगा भी
धो सके पाने की धूल
सुखा सके अपने गीले बाल दिसम्बर की उड़ती हुई धूप में!

परस्पर

सरोवर की सीढ़ियों पर देर तक बैठे वे
लौटते हुए दोनों के मुँह से एक साथ निकला
मेरे सरोवर तो तुम

दोनों एक साथ हँसे
एक साथ काटी चिकोटी
और एक साथ बोल पड़े—
मैं तो सीढ़ी

और दोनों एक दूसरे के जल से भीगे
चुपचाप चलते रहे
बनी रही दुविधा कि कौन सीढ़ी कौन सरोवर

मगर सुविधा भी
कि जब भी सीढ़ियों की तरह सूखो
उतर जाओ सरोवर में चुपचाप!

चाप-ताप

वे अलग-अलग दिशाओं से आते
और यहीं इन्हीं सीढ़ियों पर बैठते
सामने सूर्य की पीठ होती लाल और कोमल

सरोवर के साफ़ पानी में पश्चिम का आकाश
शाम के राग-सा हौले-हौले छिड़ता होता
और पेड़ का संसार
किसी बेहद पुराने और शालीन ऑर्केस्ट्रा की तरह
गहरी विनम्रता के साथ राग को
अपनी ही आग में पकने दे रहा होता

वे कभी आकाश को देखते
कभी पानी में डोलते प्रतिबिम्ब को
और आपस में यूँ बतियाते
मानो दो तारे अपनी-अपनी रोशनी में एक दूसरे को नहला रहे हों

हौले-हौले दिशाओं का भेद ख़त्म हो जाता
सारा आकाश एक गोटेदार चँदोवे में बदल जाता
और तब वे एक दूसरे का हाथ थामे
किसी एक दिशा में निकल जाते

सरोवर की सीढ़ियाँ सदियों से
उनका आना और बैठना जानती हैं
वही आतुरता, वही रोमांच वैसी ही बातें
किसी रोज़ न आएँ तो निराश हो जाती हैं

जल समझाता है—
हर बार वही नहीं आते
जो तुम्हारी गोद में पहली बार बैठे थे
वो तो चार-पाँच बार के बाद...
बादल कह रहे थे—
अलग-अलग दिशाओं में चले गए थे

तब से आज तक हज़ारों जोड़े आए और गए
और तुम हो कि...

सीढ़ियाँ जल को झिड़क देती हैं—
रहने दो अपनी दरपनिया ऐंठ
कितनी छवियाँ रखी हैं छिपाकर बोलो
हम सीढ़ियों के सिवा सब कुछ बदल जाता है
जैसे तुम्हारे सीने की मछलियाँ
सामने खड़े पेड़ के पत्ते
और मुझे फाड़कर उग आई दूब तक
हमें चेहरों से क्या लेना
हम तो उन्हें पैरों की चाप और
देह के ताप से पहचानती हैं!

अकेला नहीं

उसे देखकर यूँ मत कहो
कि सरोवर की सीढ़ियों पर
अकेला बैठा है कोई
मुमकिन है
वह किसी और सरोवर पर
किसी के साथ बैठा हो

यह भी मुमकिन है
कि उसके ठीक दाएँ किसी की याद किसी की वफ़ा
किसी की प्रतीक्षा बैठी हो

हो तो यह भी सकता है
कि गर्भगृह में बैठे
किसी अनबीते जीवित पल को
बाहर आने के लिए मना रहा हो

इस दुनिया में कोई अकेला नहीं
तब तो और भी नहीं
जब ऊपर धूप हो और सामने सरोवर!

संगत

जब गीली रेत की ढलान पर
दो लोग साथ बैठे हों
और उनके भीतर की लहरें
सब कुछ कह देना चाहती हों
तो बेचारा समुद्र
उत्साही सरोवर भर रह जाता है
और उसका हाहाकार
व्यग्र आलाप के पिछवाड़े
किसी विनम्र साज़िंदे की तरह
तबले पर संगत देता रहता है!

रोमांच

सरोवर की सीढ़ियों पर फैली धूप को
कमरे में बैठकर नहीं समझ सकते आप

ठीक वैसे ही
जैसे मन ही मन की जा रही प्रतीक्षा
आमंत्रण की भास्वर भाषा नहीं समझ पाती

नहीं समझ पाती सुरक्षित निश्चिन्तता
कि रोमांच में कौन-सा रस है
जिसे पीनेवाले अधिक दमकते हैं!

दृष्टिश्रवा

अब दिव्यांग कहो या बहरा
सच तो यही कि सुन नहीं पाता
मगर लोगों को सुनते हुए देखकर
सुनना तो वह भी चाहता
शायद इसीलिए आवाज़ों की तलाश में अक्सर
सरोवर की तरफ़ निकल जाता
कि शहर तो गूँगी रफ़्तारों
और बहरी चीख़ों का जंगल

तनिक बाहर यही तो एक जगह
जहाँ कोई नहीं आता ख़ासकर शाम के पहले
इसीलिए बिना किसी को कुछ बताए
दबे पाँव निकल आता वह
और सजल सरोवर की सूखी सीढ़ियों पर
आँखें बन्द किए नीरवता को सुनता रहता

पानी से मछलियों की अन्तरंग बातचीत
उसे अभ्यस्त स्वरलिपि की तरह याद है
पूछो तो कहता—उसे भाषा में कैसे कहूँ
वह आत्मा और देह के बीच की बातें हैं

सीढ़ियों पर फुदकती गौरैया के बारे में उसकी राय है
कि पहले तो फुदक-फुदक पूछेगी सरोवर से—पी लूँ
फिर जब देखेगी कि सरोवर ने उसे
अपने हृदय में उतार लिया है
तो मान लेगी, पानी पीने की अनुमति मिल गई

एक तृप्त गौरैया की उड़ान का संगीत
सुनने के लिए आता वह
और कान वालों की आमद से पहले अन्तर्धान हो जाता!

कविता से परे

माना कि बहुत सारी कविताएँ हैं यहाँ
मगर कविता से परे भी बहुत कुछ हो सकता है

मुमकिन है
कोई बैठे और उसे
बीजगणित के मुश्किल सवालों के हल सूझ जाएँ
शेयर्स की ख़रीद-फ़रोख़्त में
पिछले हफ़्ते हुए घाटे की भरपाई का रास्ता निकल आए
तय कर ले कि नौकरी ज़्यादा मुफ़ीद कि व्यापार
किस नगर किस मुहल्ले में बसे
फ़्लैट कहाँ ख़रीदे
और वसीयतनामे में किसके नाम क्या लिखा जाए

सरोवर की सीढ़ियों पर
पसर सकते हैं मस्लेहत के मसले तमाम
वैसे ही जैसे अभी इस छोटी-सी कविता में!

मन्दिर-1

मेरे पीछे सदियों पुराना मन्दिर है
और सामने सरोवर का काँपता हुआ जल
जल के भीतर मन्दिर भी हौले-हौले काँप रहा है
दीवारों पर उकेरी गई मूर्तियाँ जड़ता गँवा चुकी हैं
उनकी काया में लोच देख रोमांचित हूँ

उठकर मन्दिर की तरफ़ देखता हूँ
कितना रूखा कितना धूसर कितना जड़
सदियों की बारिश पीकर भी निष्प्राण
पत्थर के गर्भगृह में बसे पत्थर के देव विग्रह भी
जाने कितना जल पी गए
किंतु पत्थर के पत्थर

फिर मुड़ता हूँ और बैठ जाता हूँ
सरोवर की सूनी हो चुकी सीढ़ियों पर
मन्दिर में घंटों और कामनाओं का शोर है

और यहाँ तृप्ति, शीतलता और शांति की त्रिवेणी
यहीं से लौट जाऊँगा अब!

मन्दिर-2

कथाकाय मन्दिर के परिसर में
कज्जल कहन वाली कविताओं से भरा
एक प्रच्छन्न सरोवर भी है
यह जानने में समय लगता है

इसका सन्धान
कृपा और प्रसाद के अधीर अहेरी
और पार्श्व द्वार से पैठते कुटिल खल कामी नहीं कर सकते
कि उन्हें तो गर्भगृह के द्वार तक बेरोक प्रवेश
एक बेमन से फेंकी गई माला
एक सीला रामदाना और निर्बाध निकास मिल जाए यही बहुत है

उन्हें इस बात से क्या मतलब
कि कब खसती है माल
मूरत कब मुसकाती है!

मन्दिर-3

मन्दिर को सरोवर चाहिए
सरोवर को मन्दिर की क्या दरकार
सीढ़ियाँ भी उसकी मन्दिर तक नहीं जातीं

वे और सीढ़ियाँ हैं जो वहाँ जाती हैं

मगर जब सरोवर मन्दिर की मिल्कियत हो
तो क्या करें वे जो उसकी सीढ़ियों पर
धूप की तरह बैठना चाहते हैं
बारिश की तरह स्वयं को सौंपना चाहते हैं
उसके साथ हवा की तरह होना चाहते हैं

पवित्रता का पंक बाँटते मन्दिरों की
मुट्ठी में मरते सरोवरों के देश में
पीने लायक पानी कहाँ मिलेगा प्रभो!

मन्दिर-4

क्या फ़र्श और क्या दीवारें
विग्रह तक चिपचिपे
मन्दिर में जाओ तो
कामनाओं के कीचड़ से लिथड़ जाता है मन

हर फ़रियादी चकनाचूर मनौतियों के मलबे से गुज़रकर
मलीन और मर्माहत लौटता है

जाने किसने रचा था ऐसा सार्वजनिक उपाय
जहाँ करुणा सिक्कों की तरह खनकती हो

ऐसे मन्दिरों में सरोवर के जल से नहाकर क्या जाना
और अगर नहीं रह सकते जाए बिन तो जाओ
मगर लौटते हुए आओ इधर
सरोवर की सीढ़ियों पर
बैठो थोड़ी देर

यह प्रकृति और पुरुष दोनों की करुणा का नीर है

क्या तन और क्या मन
मज्जन तो यहीं हो सकता है मानुसो!

मन्दिर-5

डाल पर नयी-नयी आई मैना से
पुराने तोते ने कहा—
उस बूढ़े को देख रही हो
जो खाँसता हुआ जा रहा है
वह रोज़ आता है
और पानी में डूबी सीढ़ी के बिलकुल पास बैठता है
अजीब है...उम्र हो गई
मगर मन्दिर की तरफ़ मुड़कर देखता तक नहीं
कमबख़्त अपनी खुरदरी आवाज़ में
बड़ी देर तक जाने क्या गुनगुनाता है
और सरोवर का अंजलि भर जल सरोवर में ही छोड़...चला जाता है
लौटते वक़्त उसके क़दम ऐसे उठते हैं
जैसे वह नन्दन कानन से मृत्युलोक की तरफ़ जा रहा हो!

मन्दिर-6

पुलिस पानी पर लिखा नहीं पढ़ सकती
उसके जासूस मछलियों की आँखों में दर्ज सबूत नहीं चुन सकते
अदालत में नहीं जा सकता सरोवर
और जाकर भी क्या होगा
जो आँखों देखा हाल हृदयंगम
उसे जानने की कोई तरकीब नहीं अपराध-विज्ञान के पास
जिस रात मन्दिर की मूर्ति चोरी हुई
उस रात प्रभु के आदेश से यहीं बैठा था पुजारी
चिलम पर चिलम खींचता हुआ
और अगले दिन सूने मन्दिर को देखकर पत्थर हो गया था

और आज पुलिस ने फ़ाइल बन्द कर दी
पंछियों को नहीं पता
वरना सारे संसार को बता देते—
पानी में गिरने से पहले वह चीख़ा था
कह तो चींटियाँ भी देतीं

कि उसकी टूटी हुई बेज़ायक़ा साँस
आज भी सरोवर की सीढ़ियों पर पड़ी है!

मन्दिर-7

वह रास्ता जो मन्दिर को जाता है
शोहदों से ख़ाली नहीं

पसीजने वाले पैर
पवित्र देहरी पर भी फिसल ही जाते

नाख़ून गर्भगृह के भीतर भी बढ़ते हैं
और मन्दिर का नेपथ्य मन्दिर नहीं होता

वह जो ब्रह्म मुहूर्त के ठीक पहले
धोता है अपने पाप
लोगों को समझाता है
कि आधी रात के बाद कथाओं से निकल
सरोवर की सीढ़ियों पर केलि करते हैं साँप!

सरोवर उवाच-1

मैं किसी से नहीं पूछता—
क्या खाकर आए हो—अन्न या पशु
अगर पशु तो कौन-सा
तुम्हारा ईश्वर क्या पहनता है
रोशनी या अँधेरा
धूसर पृथ्वी या चाँद-तारों वाला आकाश

किसी से नहीं पूछता—
पंछी हो कि अगस्त्य
जितना हूँ स्वयं को परोस देता हूँ

यह भी नहीं पूछता—
तुम हाथ धोकर आए हो या नहीं
न यह शर्त ही कि मुझमें प्रवेश करना है
तो कहीं और से नहाकर आओ

सबकी तृप्ति और निर्मलता ही मेरा निमित्त है

मुझसे मेरा धर्म मत पूछो लोगो
पूछना ही है तो पृथ्वी से पूछो
जिसने मुझे धारण करने के लिए
अपनी देह में जगह बनाई है

मुझे किसी धर्म किसी ईश्वर से क्या लेना
मैंने तो सारे धर्मों को
अपने आगे जीभ पसारे देखा है
सारे ईश्वरों को किया है पवित्र
मैं सब की प्यास सब की मैल को जानता हूँ!

सरोवर उवाच-2

मुझे समुद्र के ऐश्वर्य से कोई ईर्ष्या नहीं
न कलकल-छलछल बहती नदियों से डाह
प्रपातों के रोमांच भी नहीं तरसाते
न प्यासी मिट्टी पर गिरती बारिश का उत्सर्ग ही लुभाता

वहीं से आया हूँ...मैं सब हूँ
मगर इसका भी ग़ुरूर नहीं
न आकाशगंगाओं से भरे आकाश के नीचे
अपनी लघुता ही लजाती

सभ्यता के घर में घड़े और सुराही-सा रहकर
मैं अपने वक्ष पर खिले कमल-सा प्रसन्न हूँ

मेरी हुल-हुल हँसी...समय हो तो सुनना!

सरोवर उवाच-3

जो रावण और कृष्ण की तरह बड़े थे
उनके महल समुद्र के बीच

जो राम और अशोक की तरह
उनके सरयू और गंगा किनारे

और जो बुद्ध की तरह
वे घाट-घाट का पानी पीते फिरे

मगर प्यास तो उन्हें भी लगती थी
जो जलाशयों और जलधाराओं से दूर
खुले मैदानों और खेतों में
दूब और लता और पेड़ की तरह जीते थे

बरसते आकाश को
पृथ्वी के कटोरे में सँजोना उनका ही उद्यम

पैदल चलती प्रजा के समुद्र तो हमीं
एक पता एक पहचान भी
कि ठंडी हवाएँ जिधर से आ रहीं
कोई सरोवर अवश्य होगा उधर, कोई बस्ती भी

मगर यह तब की बात जब वे नहीं जानते थे
कि पृथ्वी के हृदय में जल सकने वाला तेल भी है!

सर्वनाम

फ़ालतू क़यास मत लगाओ भाई
कि आख़िर वह कौन-सा सरोवर है
जिसकी उतरती सीढ़ियों पर
मैं इतनी देर से मँडरा रहा हूँ

यह एक बेहद पुराना क़िस्सा है जिसकी जड़ें
पृथ्वी की सजलता और प्राणी की प्यास में हैं

पृथ्वी की गर्म बेचैनियों से बने
सागर भी तो सरोवर ही हैं
जागती और भागती हुईं नदियाँ भी
जो सागर होते-होते रह गईं
इनकी सब छटपटाहटें सारी गतियाँ
जिस शान्ति के लिए
यह सरोवर उसी का सर्वनाम है

मुझे ये सर्वनाम भाते हैं
भाते हैं मुझे वे लोग
जिनकी मिट्टी सरोवर को धारण करती है
और त्वचा ऋतुओं के रंग बिखेरती है
सारे वृक्ष उन्हीं के सर्वनाम हैं
सारे झूले उन्हीं की बाँहों से लटके हैं
उन्हीं की उँगलियों पर खिले हैं सारे फूल
फलों से लद जाना उनका स्वभाव
और कोई वर्जित नहीं

जिस दिन समझ लोगे
तुम भी मेरी तरह मँडराने लगोगे!

मैं एक अलग देस का वासी हूँ

ऐतिहासिक सरोवर की उतरती सीढ़ियों पर
सारे द्वार खोलकर बैठना तो मैं भी चाहता हूँ
मगर ऐ शरद की स्मिति
पहुँच नहीं सकता वहाँ

मैं एक अलग देस का वासी हूँ
यहाँ सारे सरोवर प्यासे हैं
और कुछ के तटबंध इस क़दर टूटे
कि एक बूँद नहीं टिकती

मेरी राह में नींद के लिए निहोरा करतीं आँखों की भीड़ है
अदृश्य तीरों से घायल परछाइयों का हुजूम
अपनी ही धड़कनों के शोर से फटे कान के परदे लिये चीख़ते लोगों से घिरा हूँ मैं
यह वयस्क नाखूनों की मार से लहूलुहान
बचपन की दुनिया है

यहाँ तेज़ाब से झुलसी और चाकुओं से गोदी गई अप्सराएँ डोलती हैं

यह एक उदास संसार है धूसर रूपाकारों से भरा
यहाँ रंगों के नाम किसी को याद नहीं
गंध और गीत अवांछित घुसपैठिए दिखाई देते हैं

यहाँ मृत्यु के डर के पड़ोस में
उसकी निष्क्रिय प्रतीक्षा रहती है
और इसी के भीतर ख़ुद को मारने की तैयारियाँ भी

मुझे यहीं रहना है इन्हीं के बीच
नाखूनों की नोक से कुएँ खोदते हुए
निचोड़ते हुए मुट्ठी-भर बादलों से चुल्लू-भर जल

इतिहास मुझे भी खींचता है
मुझे भी मोहते हैं कलात्मक स्थापत्य

सरोवर में उतरती सीढ़ियों पर
मैं भी बैठना चाहता हूँ तुम्हारे साथ
मगर ऐ शरद की मोहक स्मिति
मुझे उनके पाँवों की ज़ंजीरें खोलनी हैं
जो गँवा चुके हैं अपने होश की सारी धूप!

पंछी नहीं पतंग है, एक नहीं, सौ डोर।
ऋतुओं की इस हाट में, मनवा कब तक मोर॥

जब

जब
ऋतुएँ अपना चक्र भूल जाएँ
सूर्य तनिक नीचे खिसक आए
धरती इतनी सूख जाए
कि वन उद्यानों में सिमट आएँ
मिट्टी की मिठास इतनी कम हो जाए
कि चींटियाँ तक शिथिल होकर मरने लगें
कोयल की आवाज़ सिर्फ़ रिंग टोन में सुनाई दे
कौए कविताओं में ही किसी के आने का सगुन उचारें
और बच्चों की किताबों में छपी कहानियों में
पानी ढूँढते फिरें
और कभी जिनका आना अपशकुन
उन गिद्धों का जाना अपशकुन माना जाने लगे
तब समझ लेना मेरे अभिमन्यु
—बाईसवीं सदी आनेवाली है!

निहोरा बाबा

जब भी किसी नए गाँव का ज़िक्र आता
निहोरा बाबा पूछ बैठते—
कै ठो आहर कै ठो पोखर
आउर रामतलैया?

कहते—बेटी बियाहना है
त ई मत देखो कि मकान कच्चा कि पक्का
देखो ई कि दुआर पर गाय है कि नहीं
और बैल कै ठो
जो भी लौटता बरतुहारी से उससे पूछते—
बैलों के पेट देखे भरे तो थे नऽ
कहते—जो कमीना बैल को भर पेट नहीं खिलाता
दूसरे की बेटी को क्या खिलाएगा

और अगर कोई रामतलैया हुई गाँव में
तो हिदायत जारी करते—

बात पक्की होने से पहले दरियाफ़्त कर लेना,
गाँव की कोई बेटी-बहू तो नहीं डूबी!

जाल नहीं जल

पृथ्वी के तन-मन को बाँधती हैं
भीतर और बाहर बहती नदियाँ
वर्षा की धार उसे गगन से

बँधी है वायु नमी के धागों से
मेघ के धागों से इन्द्रधनुषी नाव
ओस के धागों से सुबह और शाम
आँसुओं के धागों से घर-परिवार

जाल नहीं
जल ही बाँधता है मित्र
आकार की इस अनावश्यक मात्रा को हटा दो!

जो बहेगा

मैंने इतना भर कहा था—
साहिल बाँधते हैं समन्दर को
नदियों को किनारे
झील और सरोवर को उनके तटबंध
और सबको पृथ्वी अपने अंक में

जो बहेगा, बँधकर ही रहेगा

कि प्रपात ने किया अट्टहास—
पर्वत के फटे हुए सीने को देखो
देखो मेरी मार से विनम्र हो गए प्रस्तर खंडों को
स्मरण करो डूबते ग्राम और नगर
और अपनी सृष्टि-कथाओं के चक्र बीच प्रलय

जो बहेगा, बंधन कब तक सहेगा!

यह समुद्र है

यह समुद्र है मेरे हृदय
सरोवर नहीं
कि सूनी सीढ़ियों पर बैठकर रो सको
और वह सजल हृदय तुम्हारा ताप-संताप पीता रहे

यह नदी भी नहीं
कि तीर पर टहलते हुए
अपने प्रेम के भले-बुरे को गा सको
और बहता जल तानपुरे-सा बजता रहे

यह लम्बी-चौड़ी झील भी नहीं
कि छोटी-सी नाव में बैठकर
अपने जीवन की सबसे बड़ी कहानी
कहने को निकल जाओ किसी के साथ

यह समुद्र है मेरे हृदय

बहुत जल है इसमें बहुत सारे जीव
बहुत विक्षोभ और बहुत सारे आख्यान
अपने ही बयान और गान
हास और अट्टहास क्रंदन और हाहाकार से भरे रहते
उस अधीर के कान
दुःख भी कम नहीं इसके
कि इसका जल तुम्हारे आँसुओं से अधिक खारा है!

पेंटिंग

ग़ौर से देखिए—
सरोवर बनाया है
उसका धीमे-धीमे काँपता जल
और पेड़ की सिहरती परछाईं
और यह वह पेड़ जिसकी काँपती शाख़ पर
दो पंछियों की पाँखों से बना प्यारा-सा पुल

जी, पत्ते कम हैं
तो क्या करें जनाब
मौसम ही ऐसा है
मेरी क्या औक़ात
मैं पेड़ों को पत्ते कहाँ से दूँ

बुरे मौसम की पेंटिंग भी अच्छी लगती है जनाब
अच्छा लगता है अधमरा पेड़ भी
लगाकर तो देखिए

अब भी शिकायत
नहीं जी यह नहीं हो सकता
नहीं बना सकता एक और पेंटिंग इस अधमरे पेड़ की
और सुनिए
यह बहेलिया जो तने से लगकर सोया है
मेरे दिमाग़ से नहीं आया है!

समझौता

छोटी मछलियों ने कहा—
अगर बड़ी मछलियाँ न होतीं
तो क्या गड्ढा और क्या प्रशांत महासागर
सारे जलाशय महाशय होते

सुनकर बड़ी मछलियाँ हँसीं
इतनी ज़ोर से कि जल सतह बुलबुलों से भर गई
और देखने-सुनने वालों ने कहा—
लगता है, समझौता हो गया!

नींव

जो समुद्र रचने की बातें करते हैं
वे पीने के पानी और सिंचाई और नमक की नहीं
दो तिहाई पृथ्वी पर अधिकार
लहराती शक्ति की बात कर रहे होते हैं
जिसे आप रचे जाने वाले समुद्र की भावी लहरों के शोर में सुन नहीं पाते

यह शोर आपके भीतर उठाया जाता है
इतना अनवरत कि
आप रचे जाने वाले समुद्र में जा धँसते हैं
इतना पटाऊ कि
आपकी नींद बेहूदा सपनों के झाग से भर जाती है
और हर सुबह सोचते हैं आप—
वह मनुष्य नहीं प्रजापति है

लेकिन मेरी कविता समुद्र की नहीं
उस सरोवर की बात करती है

जिसकी सजलता की नींव
फावड़े से भी सस्ते मनुष्यों के पसीने ने रखी है
वह किसी समुद्र को नहीं जानता
उसे यह भी नहीं मालूम
समुद्र क्या और कहाँ
प्रजापति कौन और कैसे और किसके
मगर एक सरोवर प्रजापति के लिए भी उसने ही खोदा है
और हाँ उसकी सजलता की नींव भी
उसी के पसीने और आँसुओं ने रखी थी!

दायित्व

सुख के सरोवर किसे नहीं भाते
मगर सभी चाहते
कि सीढ़ियों पर जमी काई कोई और खुरच दे
कोई और हटा दे सब खर-पतवार सब सेवार
हंसों और मछलियों को दाने कोई और डाले

वे तो बस कैमरा लिये आएँ
और सरोवर की आत्मा को निहाल कर दें
वंशी लिये आएँ और पानी की कारा में बन्द मछलियों को मुक्त कर दें
छोटी-सी डोंगी लिये आएँ और शांत जल सतह की खुजली मिटा दें
एक जैसा खा-खाकर बोर हो रहे जलजीवों को
आलू के सोंधे चिप्स खिला दें

सरोवर का सुख किसे नहीं भाता
मगर सुई की नोक-भर ज़मीन छोड़ना कोई नहीं चाहता
और फावड़ा उठाते सब के हाथ गलते हैं!

इन दिनों

इन दिनों संसार
एक बेतहाशा भागते प्राणी की तरह हाँफता दिखता है
मगर हमेशा ऐसा नहीं था
कभी पृथ्वी की तरह भी चलता था

अब जबकि पृथ्वी को संसार की तरह हाँका जा रहा है
मुझे उन सरोवरों की याद आ रही
जिन्हें पृथ्वी पर पृथ्वी की तरह चलते हुए ही बनाया जा सका था
कि भागते हुए प्राणी तो अपने जैसा
एक और प्राणी तक नहीं बना सकते
फिर सरोवर तो बहु-प्राण

एक पूरी बसावट के सारे घट
अपने-अपने खोखल लिये
सदियों आए जिसके द्वार और भरे-भरे लौटे
श्रम और श्रद्धा की वे संतानें अब बहुत ढूँढने पर ही मिल पाती हैं!

मारे गए

मैं आहर और पोखर के देस में पैदा हुआ
पानी के छोटे-छोटे ठीए
जैसे हमारे कच्चे घर
मिट्टी और फूस और खपरैल के सोंधे स्वर्ग

पानी पगडंडियों से होकर खेतों तक जाता
उन्हें पईन कहते
उनके पेट में मछलियाँ और किनारे पर केंकड़े
नहाने के नहीं खाने के भी इंतज़ामात
और हम बच्चों की तो लघु तलैया भी

धीरे-धीरे हम लालच की तरह ज़्यादा
और स्वार्थ की तरह बड़े होते गए
और हमारे पाँव अधिक ज़मीन घेरने लगे

एक-एक कर सारे आहर सारे पोखर मारे गए

किसी को पुराने तालेवर ने मारा
किसी को नए मुखिया ने
और किसी को उदीयमान गुंडे ने
लंठई की लाठियाँ पइनों को भी पी गईं
अब गाँव के खेत एक सरकारी नहर
और लोग किसी न किसी प्राइवेट शहर के भरोसे हैं!

हत्याकांड

1

कुछ तो चाहिए था बीयर के साथ
ख़ानसामा ने पूछा—क्या बना दूँ मालिक
सामने लॉन में खिले गुलाबों को देख बोले—
गुलाब के होठों की पकौड़ियाँ

उस दिन खाने में बटेर बनी थी
साँझ ढले तय हुआ
—कल से पुराने सरोवर का अन्त शुरू
मुफ़्त के चिलम के लिए दरबारी बने पंडिज्जी बोले
कल अच्छा दिन नहीं जजमान
मालिक बोले—
सरोवर खोदना नहीं है बाबा
मिटाने के लिए तो बुरे दिन ही अच्छे!

2

जितना खा सकते थे उससे अधिक अन्न
जितने में रह सकते थे उससे अधिक घर
जितनी जीत सकते थे
उससे अधिक भूमि थी पृथ्वी के पास
मगर उनके भीतर इतनी ओस नहीं थी
कि मरती हुई आत्मा को चटा सकें

3

सरोवर भरा जा रहा है
आस-पास के पेड़ों को घेरती मिट्टी काटी जा रही है
वह मोटी मेड़ भी
चाँद के चूरे-भरी जिसकी माँग
गहरे अँधेरे में भी राह दिखाती थी

फावड़े की हर चोट
प्यास और प्रेम के पैरों की छाप पर पड़ती है
कि उस पंथ धर्म और मोक्ष के भजनानन्दी ही नहीं
अर्थ और काम के चारण ही नहीं
प्यास से तलफलाते पंछी को पानी पिलाने
प्रेमीगण भी गए

पृथ्वी की चुल्लू में चमकता जल
किसका इष्ट नहीं

हाय! उस मार्ग को तो स्मृतिशेष भी नहीं रहना है
सरोवर का नाम भी कितनों को याद रहेगा
सूखी मिट्टी की क़ब्र में कब तक बचेंगी मछलियाँ
मेंढक कब तक टर्राएँगे
कब तक कराहेंगे क्षत-विक्षत केंचुए

और वह बूढ़ा भी कब तक बचेगा
जिसने कहा था—
तुम्हारी दूर की नज़र बेहद कमज़ोर है बेटा!

4

जब सरोवर मारा जा रहा था
औरतें घरों के भीतर थीं
मर्द अपने खेतों और खलिहानों के दायरे में
शिक्षक बच्चों को वर्षा ऋतु पर लेख लिखवा रहे थे
मुखिया जी अपने प्रिय ठेकेदारों के चेक बनवा रहे थे
थानेदार दौरे पर आए विधायक के हुज़ूर में खड़े थे
और गाँव का क्रान्तिकारी कवि
माच्चु पिच्चु के शिखर पर चढ़ने की कोशिश कर रहा था

मगर मारे जाने के बाद खुसुर-पुसुर शुरू हो गई

हत्यारे के दालान से दूर छोटी चौपालों में
इस अनीति को अलाव में झोंककर तापा गया
कुछ औरतों ने ताल-तलैया के पुराने गीत गाए
एक संवेदनशील शिक्षक ने सरोवर पर लिखी
घोर तत्सम तुकबन्दी चौथी कक्षा के बच्चों को सुनायी
और क्रान्तिकारी कवि ने
महीने-भर बाद उस सरोवर की आत्मा को अपनी कविता में आहूत किया
जो एक अत्यन्त लघु पत्रिका में छपकर खप गई

5

प्रकृति के यहाँ कोई ईश्वर नहीं
न यमराज न चित्रगुप्त न उनका खाता
वह हममें से किसी के नाम नहीं जानती
मगर जानती सब को है
एक-एक पत्ते एक-एक तिनके

ओस और आँसू की एक-एक बूँद का हिसाब है उसके पास
और सरोवर तो उसकी छाती का पय

उसके हज़ारों स्तनों को नष्ट करने वाले मनुष्यो
एक-एक बूँद वसूल करेगी वह
सारे के सारे सरोवर लौटाने होंगे
अपनी काया के जलकोष लुटाकर
बड़ी सख़्त माँ है वह

मगर हत्यारे चाहें तो जश्न मना सकते हैं
क्योंकि यह वसूली उनसे नहीं उन बच्चों से होगी
जिनके माँ-बाप भी पैदा नहीं हुए अभी तक!

स्वप्न

सूखती पृथ्वी की परिधि पर भागते-भागते
निविड़ निराशा में डूबकर
मैंने तो आकाशगंगा को पुकारा था
मगर कृष्णा कावेरी चम्बल सबने घेर लिया
नर्मदा की भी आवाज़ सुनायी दे रही
गंगा भी आ ही जाती
अगर धर्मपुत्रों का इतना दबाव नहीं होता
यमुना भी बेचैन
बादलों से कह रही—तैयार करो मुझे
कि बाँसुरी के स्वर में प्यास की खरोंच के निशान हैं

यह स्वप्न है या कोरी उम्मीद

क्या फ़र्क़ पड़ता है
दोनों के भीतर तो नदियाँ ही बहती हैं!

गंगा-1

भुजाएँ मिट्टी से दबी हैं
कांक्रीट के खम्भे बदन के आर-पार
नालों में बहता तेज़ाब जलाता है
अपनी तरलता के बावजूद तड़पती है वह
और मगध को कोसते हुए
हौले-हौले लिच्छवि-तट से जा लगती है

गंगा को साइकिल चलाना नहीं आता
नहीं तो और उत्तर चली जाती
नाव या किसी बड़े जलपोत में आधी भी समा पाती
तो अपने ही अर्धांग में बहती हुई
अपने अधिकांश को जल्द से जल्द महासागर कर देती
उड़ सकती तो उड़कर आकाशगंगा में लीन हो जाती
मगर वह तो बस कृतघ्न बेटों की बीमार माँ की तरह
सब सहती है
और आजिज़ आकर तनिक खिसक-भर जाती है!

गंगा-2

बाबा तुमने जो गंगा दी थी
वह नख से शिख तक नदी थी
हज़ारों सालों तक निश्चिन्त बहती रही मैं
मगर कलि ने उसे चींथ कर रख दिया है
उसकी सेज जगह-जगह से नंगी हो गई है बाबा

कहाँ वह नरम और निर्मल निरंतरता
और कहाँ यह टेढ़े-मेढ़े टापुओं से भरी निर्ममता
टकराते-टकराते क्षत-विक्षत हो गई हूँ

सारे मत्स्यावतार संकट में हैं बाबा

यूँ ही टूटती रही तो एक दिन
छोटे-छोटे गड्ढों में बँट जाएगी सदानीरा
फिर मेरी डॉलफ़िन वाली देह कैसे रहेगी इसमें
और कोई भी कैसे और कहाँ रह पाएगा

हौले-हौले सारी गतियाँ
मन्दाकिनी की तरह कथाशेष हो जाएँगी
और कथा कहने-सुनने वाला भी कोई नहीं होगा

फिर तुम क्यों और किसके लिए आओगे
अपनी कथा से बाहर
और फिर भी आना ही चाहो तो
एक औंधे कमंडल के नीचे तवे-सा तपता कैलाश
और नमक की रेत से अटा क्षीरसागर
तुम्हारी राह रोक लेंगे

पानी के होने न होने को
हम मछलियों से अधिक और कौन जानता है बाबा!

गंगा मरे, मरे संसारा

गंगा के किनारे खड़ा हूँ
और गंगा किनारे से दूर उधर उस तरफ़ बह रही है
जैसे एक बीमार माँ अपनी खाट पर बच्चों के लिए जगह बना दे
मुमकिन है कुछ बच्चे खाते-खेलते भी होंगे कहीं
मगर यहाँ उसकी ख़ाली खाट पर अग्नि-शैयाएँ बिछी हैं
और उसके काल और अकाल कवलित बच्चे जल रहे हैं
इन्हीं में से एक पर लेटी है
गंगा को मइया कहनेवाली मेरी नानी की देह

मरी हुई नानी और अधमरी गंगा
उफ़ कैसा दुर्भिक्ष यह
मेरी आँखों के पानी में सन सरसठ तिरने लगता है
जब आँगन का कुआँ मर चुका था
और नानी अधमरी हो गई थी
सूखे भादो के सूरज के प्रताप का क्या परतब
फूस की छाजन भी छुओ तो लगे

कि दावानल छिटकने वाला है

नानी दोपहर में अक्सर बड़बड़ाती
गेहूँ बस कोठिला-भर बचा है
चावल कोठी के पेंदे से सटा है
काल है काल
हे भगवान कैसे कटेगा साल
और जनम का पेटू मैं
सुबह-सुबह नखरे पसार देता

—नानी बाजरे की रोटी नहीं अच्छी लगती
—खा ले नतिया मर्जेंसी है
  दोपहर में भात बना दूँगी

—नानी तुम लोटनी में भात क्यों बनाती हो
—तुम्हारे लिए नतिया

—थोड़ा-सा क्यों बनाती हो
—मर्जेंसी है बिटवा
—मामू को क्यों नहीं देती
—मर्जेंसी है बिटवा
—तुम क्यों नहीं खाती
—मर्जेंसी है बिटवा

—नानी, मर्जेंसी क्या होती है
—जब जेठ और जठर एक हो जाए
मुझे कुछ समझ में नहीं आता

पूछता हूँ—माने
—अब तुझे माने कैसे समझावें
फिर नानी सोचते हुए कहती है—
मर्जेंसी माने पानी का मर जाना
देखो अपना कुआँ मर गया

नैली का टाल मर गया
सरकार की आँख का पानी मर गया

—तो मामू कहाँ से पानी लाते हैं
—चापाकल से बेटा
—उसमें कहाँ से पानी आता है
—पातालगंगा से बिटवा
—और जो पातालगंगा मर जाए तो
—ना बिटवा ना
गंगा तो गंगा है
आकाश धरती और पाताल कहाँ नहीं उसकी धारा

मैं आँखों का पानी और उसमें तिरता सरसठ पोंछकर
सामने देखता हूँ
उफ़ कैसा दिन है आज
सामने अधजली गंगा है

और पूरी की पूरी नानी जल रही है
चिता के जलने की आवाज़ में एक भयावह बेसुरापन है
और नानी अपनी झुलसी आवाज़ में गा रही है
—गंगा मरे, मरे संसारा!.

नैली का टाल

1

नैली* का टाल—ताल नहीं महाताल
बाइस सौ बीघे का रक़बा मामूली नहीं होता
सात गाँवों की ढेंकियों में कुटने वाला धान इसी के दम पर

इसे बादल भी भरते और दूर बहती एक नदी भी

मगर ऐसे दिन भी आए
कि आसमान सूखा रहने लगा
नदी कमज़ोर होने लगी
और नदी को टाल से जोड़ती पईन
उथली होती गई

ये क़िस्सा उन्हीं दिनों का है

---

* नैली मेरी ननिहाल है।

जब टाल में इतना जल भी नहीं था
कि नवरात्र में स्थापित काली-मूर्ति विसर्जित हो सके

मैं एक बालक था आठ या नौ साल का
और वह गाँव के सबसे पुराने बूढ़ों में से एक
मैं मूर्ति की नाटकीयता निहारता विभोर
और वह टाल के ख़ालीपन को देख विह्वल
आकाश को देखता बड़बड़ाता
इन्द्र को उसकी निष्ठुरता के लिए कोसता
वह अचानक मुड़ा मूर्ति के सामने आया और रो पड़ा
—हे देवी एतनो पानी न हे कि तोरा विदा करी

उसका रोना सुन कुछ और लोग भी आ गए
उफ़ टाल से अधिक पानी
तो उन सबकी आँखों में दिख रहा था

ऐ मेरी कल्पना में डभ-डभ सरोवर की
उतरती सीढ़ियों पर बैठी
शरद की मोहक स्मिति,
मैं भी उन अभागों में शामिल हूँ
जिन्होंने बाईस सौ बीघे की अँजुरी में भरे जल को
आँखों की कोरों में शरण ढूँढते देखा है

2

मना किया था—मूरत मत बिठा
मगर आजकल के छोकरे किसी की सुनते हैं
ले ही आए वह भी इत्ती बड़ी
यह तो पिछले साल से भी ऊँची
दो बरस के सूखे में चूल्हे तक तो ठंडे हो चले
जाने इनके हाथ में पैसे कहाँ से आए

कर लो बेटा कर लो
देवी-पूजन भजन-कीर्तन
जो जी चाहे
चाहो तो राधेश्याम पहलवान की लिखी
कोई नौटंकी भी खेल ही लो
इस दुर्दिन इस दुर्भिक्ष में भी बनाए रखो अकड़

इन्नर की हज़ार आँखें हैं बेटा
सब देखता है
अकड़ की पकड़ सबसे पहले
राजा है न...किसी का कुछ भी नहीं सहता
जाने क्या न क्या कर दे

मूरत पूजना ही सब कुछ नहीं नालायको
मुहूरत बीतने पर डुबाना भी होता है
दो बरस से सूखे टाल में कहाँ डुबाओगे

पिछले साल तो रहट चलाकर पानी भरा था
तब भी माई के अंग उघार
इस बरस क्या करोगे
दफ़नाओगे क्या पापियो?

3

कक्का हम तो काली पूजा देखते बड़े हुए
तुम्हीं ने सुनायी थी कथा
कि काली की जीभ क्यों बाहर
और पाँवों तले क्यों लेटे शिव
नगाड़े हमने नहीं ख़रीदे थे न ढोलकी
नौटंकियों का चलन भी तुम्हीं लोगों का
बहर-ए-तबील कैसे गाते हैं तुम्हीं ने सिखाया था

अब ताना मारते हो तो मार लो

मगर सोचो...
कैसे काटते साल
यही तो कुछ दिन हैं जब उम्मीदें बरस रहीं
मन का टाल भरा है
बाजरे की रोटी और नून तो मिलेगा नऽ
काट लेंगे इन्नर के सितम का एक साल और
कुछ नए बहर-ए-तबील गाते-गुनगुनाते
यह नहीं करते कक्का तो मरने से पहले ही मर जाते!

राह रतन के देखता बैठा मन का काग
भवसागर भरता रहा दामन-दामन झाग

समुद्र

नीले के बीच गहरे हरे पर्वत-सा दिखता जो वहाँ
वही सिंहलद्वीप है

जाना तो होगा ही लिये सब को साथ
कि सीता का अपहर्ता
दम्भी-दुर्ललित दस्यु-भर नहीं
ज्ञान और शक्ति और सत्ता का स्वामी भी
द्वीप के परित: उसी के अहं-उन्माद का
पागल-प्रगल्भ विस्तार लहराता है

मित्र सुग्रीव, करना तो होगा ही पार
कहाँ हैं तुम्हारे चतुर अभियन्ता नल और नील
कहो उनसे बाँधें एक सेतु
राम-पूजित शिव के चरणों से
आत्ममुग्ध भक्त के द्वार तक

कहो उनसे ले आएँ कैसे भी पत्थर
कैसी भी शिला—
उच्छल जलराशि के वक्ष पर डालते जाएँ
तैरेंगे सारे के सारे
कि बेटी के दुःख से विह्वल पृथ्वी के गाढ़े आँसुओं ने
सिंधु के जल को पारद से भी अधिक गाढ़ा कर दिया है!

सरयू-1

रचि महेस निज मानस राखा
पाई सुसमय सिवा सन भाखा

सत्य है अनन्य मेरे
कि वैकुंठ से कथा के निमित्त उतरे थे हम
किंतु शब्दों में नहीं
देह धारण की थी हमने
सारी भूखों और सारी अग्नियों के साथ

हमें मिले कुछ ही चंद्र-युग बीते
कि कथा ने अयोध्या से दूरी का प्रस्ताव रखा
तुम मान भी गए
न भी जाती तुम्हारे साथ
तो पराक्रम का तुम्हारे कौन-सा कलश टूट जाता
किस खल का जीवन-रोग रह जाता असाध्य
तुम्हारे बाण की उपचार-क्षमता जानती थी मैं

कथा को आगे बढ़ाने के लिए नहीं
तुम्हारे साथ के लिए वन आई थी
क्योंकि मैं, केवल मैं जानती थी
कि मर्यादाओं और अपेक्षाओं के सरोवरों को
सजल करने वाले पुरुषोत्तम को भी सताती है प्यास
और मैं अपनी सजलता को
आँसुओं में व्यर्थ नहीं होने देना चाहती थी

कथा के नहीं तुम्हारे निमित्त आई थी
तुम्हारी पार्श्व-पुष्करिणी
कादम्बिनी तुम्हारे अन्तस के अनंत की

किन्तु मेरा हठ कथा को नहीं भाया
मैं उसे अवरोध जान पड़ी
हिरण और हरण के प्रसंग अकारण नहीं थे राम
बूझ रही कुछ-कुछ कि यह कथा हमारे प्रेम के लिए नहीं

मंथरा और कैकेयी से कहीं अधिक कुटिल है कवि
अकारण नहीं है यह वियोग-कांड

जानती हूँ कितने विह्वल हो तुम
तुम्हारे धनुष की प्रत्यंचा में कितना तनाव
कहाँ-कहाँ कितनी और कैसी अग्नि
जानती हूँ कि मेरे लिए किसी को जीत सकते हो
जानती हूँ मेरे राम कि तुम्हारे हृदय का प्रभंजन
पार कर चुका है समुद्र
और वियोग-कांड की चौपाइयाँ
सूखे पत्तों की तरह उड़ रही हैं

वैसे यह वियोग भी कितना वियोग है मेरे प्राण
कि मैं तुम्हारी साँसों में मिट्टी की गंध
और नमी बनकर उपस्थित हूँ
और तुम मेरी उदासी में अपना श्याम रंग लिये

इतना अधिक सजग
कि रावण अपनी परछाईं देखकर ही लौट जाता है

जानती हूँ अब कि आगे भीषण लंका-कांड है
किन्तु तनिक भी डर नहीं लगता उससे प्रिय
डर केवल सुखान्त से लगता है
कि जब अयोध्या लौटेंगे हम और राम-राज्य आ जाएगा
तो बहुत कम दिन साथ रह पाएँगे
कथा मुझे कवि की कुटिया और वहाँ से
मृत्तिका-गति की ओर ले जाएगी
और तुझ विरह-जले को सरयू की ओर!

सरयू-2

जिस सरयू में नहाते-धोते बड़े हुए रामलला
आर-पार गए-आए जाने कितनी बार
जल जिसका सीता का दैनिक श्रृंगार
और पी जिसे गए दुःख भरे कांडों में
कि रोएँ तो आँखों में दरार न पड़े

लौटकर आए तो राज्याभिषेक भी उसी से
और उसी की धार में साक्षात् देखे गए अन्तिम बार

राम जब गए सरयू बह रही थी
बिलकुल वैसे ही जैसे आज!

यमुना

(कवि आशुतोष दुबे के एक प्रश्न से प्रेरित)

प्रभु की कथा है
प्रभु के साथ ही चलेगी
शेष छूट जाएँगे पीछे

जैसे जन्म देनेवाली कोख
कारागृह में ही कराहेगी
काया हेतु अंश देनेवाला पिता
पुत्र को संकट से निकाल वहीं वापस
किन्तु गोकुल के कदम्ब वसंतातुर हो उठेंगे
नन्द का आँगन हृदय की तरह धड़केगा
और यशोदा का हृदय नन्द के आँगन से भी स्फीत

जहाँ-जहाँ पड़ेंगे प्रभु के चरण
वहाँ-वहाँ की भूमि मंच हो जाएगी

कथा में भाँति-भाँति के पात्र आएँगे
कुछ हारेंगे कुछ मारे जाएँगे
और शेष आनन्द की आभा में शरणागत
पेड़ मनुष्य में बदलकर कृतार्थ होंगे
और प्रकृति अपनी विवशता में धन्य
जय सिर्फ़ पुरुष की होगी

वृंदावन और सुन्दर हो जाएगा
और सुरीला और सरस
जमुना की तरह उमड़ती किशोरियों का नृत्य
पावस और वसंत को आलिंगित रखेगा
और उन सबकी प्रथमा
प्रभुता को मटमैले जल की महक से मुग्ध

धीरे-धीरे एक साँवले किशोर की मसें भींगती जाएँगी
और वृंदावन के भुजपाश

छोटे हो गए वस्त्रों की तरह
कुंजों और गलियों में छूटते जाएँगे

प्रभु की कथा है
प्रभु के साथ ही आगे को चल देगी
किन्तु वृंदावन का लावण्य अश्रु में बहकर
यमुना को सिंधु-सिंधु कर देगा
तब आएँगे ज्ञान का उत्तरीय धारे ऊधो
कि प्रभु ने कहा है—जाओ पोंछ आओ वृन्दावन के अश्रु
यमुना के प्राणियों के प्राण सूख रहे हैं
पोंछते-पोंछते थक जाएँगे ऊधो
उत्तरीय भीगे कम्बल से भी अधिक भारी हो जाएगा
और ऊधो बिना उत्तरीय भाग खड़े होंगे

कुँआरा प्रेम और कोरा ज्ञान पीछे छोड़, आगे बढ़ जाएगी कथा
कि प्रभु को अब षड्यंत्र और वध से भरे सर्गों में जाना है!

सदानीरा

कितना पानी बह गया
कितने पत्थर कट गए
कितना काँसा पिघल गया

कितना सोना और कितनी चाँदी
तुम्हें जानने की कोशिश में कितनी मूर्तियाँ बन गईं
मगर इनसे तुम्हारे बारे में क्या जान सकता है कोई

कला ने बहुत श्रम अर्पित किया है तुम्हें
सारा संसार तुम्हारी मूर्तियों से पाटा है
वीथियाँ, दीर्घाएँ और अजायबघर
तुम जो न दिखो तो संशय होता है
कहीं पृथ्वी के बाहर तो नहीं जा गिरा
मगर जीवित मन्दिर में देखकर दुःख होता है
जहाँ सबसे चमकीली मूर्ति होने के बावजूद
तुम गूँगे लगते हो

कि वहाँ उतना भी नहीं बोलता तुम्हारा मौन
जितना किसी गुफा के पथराए अंधकार में

वचन जाना है तुम्हें सबद जाना है
गिरा और अरथ जाना है

एक सीधी सरल बात की तरह
जगत-भर में भटकते भिक्खु
जब दुःख की जड़ें हमारे भीतर हैं
तो सुख की जड़ें किसी मन्दिर में कैसे हो सकती हैं
तुम्हारे नाम का जाप कैसे काट सकता है वह पाप
जो मेरी कामना की सदानीरा पर पलता है!

सहज तलैया की भैरवी-1

तुम जो बार-बार कहते हो—
गुरु की वाणी मकरंद है
जो इसे नहीं पिएगा
ज्ञान के रेगिस्तान में प्यासा मर जाएगा
क्या मतलब है इसका
किसे सुनाते हो यह दोहा
जो तुम्हारे किसी गुरु के गुरु का वचन है
इसे तो सौ बार सुन चुकी मैं
मगर तुम तो इसके सिवा कुछ भी नहीं कहते
कि बुद्ध और संघ और धम्म की शरण में आओ
वो तो रोज़ ही आती हूँ
मेरे बुद्ध मेरे संघ मेरे धम्म

तुम्हारी लाल आँखें, फैली बाँहें
और धुएँ से भरी यह कुटिया
ऐसा क्या है इसमें जिसे ज्ञान कहते हो

क्या सीखते हो मुझ अनपढ़ गँवार के साथ

क्या लिखते हो इस तरह
कि मेरी त्वचा खरोंचों से भर जाती है
और क्या बोलते हो उस तरह
कि मेरे कान सन्नाटे से
यह कौन-सा ज्ञान है जो सचमुच रेगिस्तान है
और मकरंद की एक बूँद तक नहीं!

सहज तलैया की भैरवी-2

तुम्हीं ने कहा था
सात तारे सिर पर आ जाएँ तब आना
कुटी के पिछवाड़े रखे जल से मज्जन कर
पाँच बार चूड़ियाँ बजाना
अब तो पच्चीस हो चुकीं जोगी
अब तो खोल दो बाँस का ढोका
कम्बल की तरह काली यह रात
कम्बल नहीं है जी
ऊपर से मैं एकवस्त्रा और पूस महाराज नंगे
मृत्यु को इस बात से क्या मतलब
कि मैं बुद्ध और धम्म और संघ की शरण में आई हूँ
लेकिन यह महक कैसी
जोगी, क्या तू भी मेरे पुरुष की तरह गंजेड़ी है?

सहज तलैया की भैरवी-3

रे सहजिया जोगी
कहाँ चला गया उठकर
शीतलपाटी की तितकी तो साथ ले जाता
आता है कि जाएँ

सुनो तो, सो गए क्या
हाय तू तो ऐपन छींटे बैठा है!

अरे इतना तो कह दे
नहा लूँ क्या तेरी पावन तलैया में
मेरे घर में पानी नहीं है रे
कुआँ बहुत दूर
जान भी जाएँगे बस्ती के वासी
कि मैं ही नयी भैरवी तुम्हारी

अरे, बोलता क्यों नहीं

लो, मूड़ी हिला के ना कह दिया
काहे रे, तलैया कोई मन्दिर है क्या
कि बुद्ध भगवान मैले हो जाएँगे

पानी तो पानी है रे
जैसे सारी भैरवियाँ तुम्हारी
हम सी ही नारी
अरे तू जब हम में नहाकर कर सकता है ध्यान
तो हम काहे नहीं कर सकते पावन तलैया में स्नान?

द ग्रेट बाथ*

एक निर्जल सरोवर की सीढ़ियों पर
जाने कब से ढहा-सा बैठा हूँ मैं
सिर्फ़ इतना जीवित कि सड़ने से बची है देह
मेरे प्राण का अधिकांश तो मेरा पंछी ले गया

बहुत कम चेतना बची है मेरे पास
पवन का झोंका आता है तो जाग कर देखता हूँ
कि मेरे प्राण के बल पर पेंगे भरता पंछी
किस देश और किस काल में
अपनी छोटी मगर तेज़ आँखें गड़ाए चक्कर काट रहा है

कल ही तो दिखा
दो पहाड़ियों के बीच बसे पानी पर मँडरा रहा है
और उसकी परछाईं कज्जल पानी में

---

* द ग्रेट बाथ मोअन-जो-दाड़ो का अवशेष है। यह पाकिस्तान के सिन्ध प्रान्त में है।

किसी पंखदार मछली-सी निर्दोष वृत्त बना रही है
जल के तल से बहुत ऊपर गुफा के द्वार पर
एक पूरी तरह खुली स्त्री तनिक हाँफती-सी बैठी है
और एक नंग-धड़ंग पुरुष
एक बड़े पत्ते के दोने में जल लिये
पत्थरों की ऊबड़-खाबड़ ढलान पर चढ़ रहा है

क्या यह आदि सरोवर है
और वासना के प्रेम में बदलने की आदि घड़ी
प्रश्न सुन पंछी मुस्कुराता है
तनिक और ऊपर उठ जाता है
पार्वतीय अट्टालिकाओं के बीच वनोद्यान से घिरा पानी दमक रहा है
और पुरुष अपनी प्रिया को अपने हाथों तृप्त कर रहा है
कितना सुन्दर दृश्य
मगर मैं अधमरा कब तक देख पाता

और आज जब पवन-कृपा पुनः जगाती है
तो देखता हूँ कि वह तो किसी कर्मशाला में बैठा है
जहाँ एक नाचती लड़की
काँसे में समाकर टिक गई है
और एक पुरोहित मूर्तिमान होने के लिए मूर्तिवत बैठा है

मेरे पंछी में कितना उत्साह आ गया है
इस भवन से उस भवन
इस अटारी से उस अटारी
माटी की ईंटों की चिकनी-चिकनी दीवारें
इतिहास की कैसी टेक्नीकलर वीथी यह
नाम क्या इस नगर का
पंछी मुस्कुराता है—
नाम ही तो नहीं पता...भाषा अबूझ

लो यह तो बाज़ार लगा है

आहार-विहार वस्त्र अलंकार
नर-नारियों से अटी वीथिकाएँ
उपयोगी वस्तुओं से भरे छोटे-छोटे पण्यागार
कितने सुन्दर गहने कैसे-कैसे पत्थरों के
और यह क्या सोना है
हाय कैसी दमक
जी में आ रहा पीले फूलों से सजी उस सुन्दरी को पहना दूँ

मेरा पंछी दृश्य और द्रष्टा दोनों की नश्वरता पर हँसता हुआ उड़ जाता है
और मैं पवन को पुकारता रह जाता हूँ लगभग अचेत

जाने कितनी देर बाद मेरे वक्ष पर लगती है चोट
आँखें खोल देखता हूँ—
अरे यह तो मेरा ही पंछी है
मुझसे भी अधिक म्रियमाण
सूखी-सी काया चोंच में दरारें

धीमे-धीमे कराह रहा है
लगा, मृत्यु निकट है
आँखें भीग गईं कि अब यह पंछी...
और ललाट भी कि इसके बिना तो मैं भी...
मैंने उसे माथे से लगाया कि
तेरे बाद एक मौन में अस्त हो जाऊँगा मैं...
अचानक पंछी के पंख फड़फड़ाये
मैंने पूछा—तुम जीवित
पंछी ने कहा—हाँ
उसका स्वर क्षीण से अधिक कोमल...

—जो नगर तुझे दिखला रहा था नऽ
उसे निहारते-निरखते थक गया था मैं
तीव्र प्यास लगी तो भागा उधर
जिधर से पानी पीकर लौट रही थीं हवाएँ
वह एक विशाल सरोवर था

पुरुषों और स्त्रियों के काया-कल्लोल से कम्पित
धर्म और सत्ता का मन्दिर भी वहीं सरोवर के पास
उच्चस्थान आठ-दस सीढ़ियाँ ऊपर को जातीं
द्वार पर खड़ा एक पुरुष पीत वस्त्रधारी
उन्नत ललाट, सजीली दाढ़ी पीछे की तरफ़ सँवारे गए बाल
माथे पर कसी सुनहरी पट्टी
प्रेमिल पिता-सी प्रमन मुख मुद्रा
तट पर बच्चे ढेर सारे नंगे-अधनंगे गीले-अधसूखे
धूप के सागर में नन्हीं मछलियों से

किंतु कवि, क्या-क्या निहारता क्या-क्या निरखता
प्यास तो प्यास नऽ

सरोवर की सीढ़ियों पर फुदक-फुदक उतरा
जैसे ही लगायी चोंच
कि तीव्र वायु वेग प्रभंजन प्रमत्त और मैं प्रक्षिप्त

स्यात् चक्रवात कोई
घूमता रहा धूसरित
देखता रहा प्रकृति का प्रकोप
काले मेघों ने ढँक लिया आकाश
विकट वारिधार
सौम्य सरिताएँ सब विकल विक्षिप्त
प्लावन...प्रलय...प्रशान्ति

किंतु हाय री विडम्बना प्लावन के बीच भी प्यासा रहा मैं
भागते और डूबते जीवन के बीच कैसे पी पाता वह जल
जिसमें सबसे पहले डूबे कुछ बच्चे
और वह मुग्धा जिसकी मूर्ति कर्मशाला में
कवि, वह पीले फूलों वाली भी नहीं रही
नहीं बचा द्रष्टा पुरोहित भी
कर्मशाला डूबी   डूबे शिल्पियों के हाथ
बचे मात्र वे जो क्षिप्रता से चढ़ सके पास की उपत्यका

जा सके छोटी पहाड़ियों के पार

कहते-कहते हाँफने लगा वह
मेरी आँखें भर आईं
जिसे चोंच लगा चूस गया मेरा प्यासा पाखी
फिर लम्बी साँस भर बोला—
उसके बाद विकट सन्नाटा
जैसे पृथ्वी के बहुत पास आ गया हो जीवन से खाली आकाश

मैं लौट चला कवि...
पार किए जाने कितने गीले कितने रेतीले युग
किन्तु प्यासा का प्यासा
ढूँढता रहा वही सरोवर
काया-कल्लोल से सिहरते जल से भरा
और दिखा जब यह सीढ़ियों पर जिसकी अधलेटे तुम
तो नीचे उतर देखा और चीन्ह गया

—अरे यह तो वही
अन्तर बस इतना कि मरा निर्जलता की मृत्यु
और मैं हताश तीर-सा गिरा वक्ष पर तुम्हारे

मेरी साँसों ने उसे सहलाया
जैसे मातृरूपा प्रकृति शिशुओं को अपने
और पूछा...तुम तो निष्प्राण से थे
कैसे पुनर्जीवित हुए

पंछी ने हौले से कहा—
तुम्हारे अश्रु और स्वेद की बूँदों ने बचाया
तनिक भी जल तुझमें शेष
तो कवि, मर नहीं सकता मैं

कई बरस बीते
आज भी थोड़ा-सा वहीं अधलेटा हूँ

पंछी को वक्ष पर लिटाए
और चारों दिशाओं से मारो-मारो का शोर तीव्र होता हुआ
तीव्र होती हुई गंध बारूद की
तोपों और बमों के धमाके
प्लावन से लौटा पंछी सहमा है
कि आगे मुर्दों का एक और टीला
एक और निर्जल सरोवर
सीढ़ियों पर जिसकी
कवि और पंछी दोनों मरे पड़े हैं!

अभिषेक पुष्करिणी

कच्ची अमिया और नगर के मिष्ठान्न
गंडक से घड़ा-भर जल भी
छोटी-सी डोंगी से जाह्नवी पार कर
पाटलिपुत्र के हाट से
मागध परिधान-अलंकार भी
पावनता ही अभिप्राय तो त्रिवेणी चला जाऊँ
किन्तु मंगल अभिषेक पुष्करिणी का जल
कदापि नहीं
कैसे समझाऊँ कि सीढ़ियों पर उसकी
रक्त के छींटे
और जल में बहे हुए रक्त की स्मृतियाँ हैं

कैसी विडम्बना कि जो ताल घिरा लौह जाल से
लौह कपाटों से रक्षित प्रवेश
वीर प्रहरियों की सजग रखवाली में
पावनता जिसकी इतनी अक्षुण्ण

कि पक्षी-चंचुओं को भी प्राप्य नहीं
उसकी यह गति

काहे का मंगल
कैसा अभिषेक
कौन समझाए इन मूढ़मति विप्रों को
कि जल की पवित्रता तो सहज प्रवाह से

हे मेरी रूपवती गर्भिते
किसी राजमहिषी किसी प्रचंड वीर-भोग्या से
तनिक भी कम नहीं तू
किन्तु मैं तो वैशाली का अतिसामान्य जन
थोड़ा-सा कृषक थोड़ा-सा वैद्य थोड़ा-सा कवि
श्रावस्ती का दुर्ग दासों-दासियों से भरा प्रासाद
और लक्ष-भर सैनिक तो लक्ष योजन दूर
मुझ से विपन्न के सखा भी कितने

मातृहीन संकोची अन्तर्मुख
कैसे बतलाऊँ कि कोमल कैशोर्य के
किसलय दलों पर पिता के रक्त के छींटे
हाऽऽऽऽय भूलती नहीं वह रात...

पवित्र पुष्करिणी के निकट ही सुरक्षा सदन में
पिता की भुजा पर शीश टिका सोया था मैं
कि विकट कोलाहल
जागे पिता...हुए खड्गहस्त
—कक्ष में ही रहना
देकर आदेश दौड़े पुष्करिणी को ओर
बाल-सुलभ कौतूहल...
कक्ष के लघु वातायन से देखा
एक पविकाय पुरुष भारी-सा खाँडा लिये
पार्श्व में मुक्तकेशी अतिसुन्दर स्त्री
और...भूमि पर अपने ही रक्त में डूबे हुए प्रहरीगण

असि उठा पिता ने टोका : तुम कौन
पविकाय योद्धा हँस पड़ा—
सुनना चाहते हो...सुनो
'मैं श्रावस्ती का महासेनापति बंधुल मल्ल'
और फिर भीमकाय खाँडा चीर गया पिता की देह
पिता गिरे पृथ्वी पर प्राणहीन
और मैं अचेत

कुछ कालोपरांत चेतना मेरी लौटी
झाँका वातायन से
देखा कि बंधुल की बाँह गहे रूपसी
सीढ़ियों से सरोवर की प्रकट हुई
दोनों रुके...सम्मुख हुए...
बंधुल ने कसा आलिंगन में...दीर्घ एक चुम्बन लिया
पूरा था चन्द्रमा चाँदनी अपार
शीतल समीर में गंध थी रक्त की

भूमि पर धार

सामने ही शिविका थी
भार्या को बिठाकर करतल ध्वनि तीन बार
सेवक उपस्थित हुए शिविका चल पड़ी
अश्व पर बंधुल भी
कुछ निमिष बीते कि आ धमका छोटा सा लिच्छवि सैन्यबल
तलवारें चलती रहीं
बहता रहा रक्त
सारे के सारे लिच्छवि जन मारे गए

सुना था बंधुल की केलिसखी प्राणप्रिया भार्या
मल्लिका थी गर्भवती
जैसे तुम...पहले त्रिमास में
तुझसी-ही मानिनी
आम के टिकोरे और कामना-कदम्ब के फूलों पर रीझी

हे मेरी गर्भिते!
मल्लिका से तनिक भी कम नहीं तू
कहाँ होंगे उसमें इतने गुण
कि निर्मम भूमि पर नंगे पाँव चलते हुए
प्रेम और ममता का ऐसा सुचिक्कन लोक बसा दे
ओ मेरी धूप की धोयी और चाँदनी की सँवारी प्रिया
तुझसे अधिक सुन्दर भी क्या रही होगी वह
उससे कहीं सम्पन्न सधोर के योग्य तू

ले प्रिये ले अपनी ही छवियों से अटा मेरा हृदय
ले कैशोर्य की आत्मा से उठती हुई वाणी की विह्वलता
पिता की स्मृति में बहते अश्रुधार से पावन कपोल पर
रख दे वह जिह्वा वे अधर जिनसे लिया था
निरपराध मानव के रक्त से दूषित
मंगल अभिषेक पुष्करिणी का नाम

भूल जा...उस दूषित जल को अब भूल जा
कि वह तो अब केवल राजतिलक के ही योग्य!

कुलधरा

कुलधरा में घुसते हुए
मुझे एक बूढ़ा मिला
वह अलगोजा बजा रहा था
मुझे लगा लोकल बन्दा है
जगह को जानता होगा
घुमा दे तो अच्छा
मगर टोका तो बोला—

"मैं गाइड नहीं
यहाँ कोई गाइड नहीं होता
यह आँखों से देखनेवाली जगह है साहब
बातों से दिखाने वाली नहीं
कुछ जानना चाहते हैं
तो अपनी दायीं तरफ़ देखिए
जानने भर बातें लिखी हैं हिंदी और अंग्रेज़ी में
पढ़ लीजिए"

मैंने बहुत इसरार किया तब कहीं माना—
“चाहते ही हैं मेरा साथ
तो चलिए, कोई बात नहीं
मगर मुझे डर है
कि मेरी संगत में
आप इन दीवारों की तरह न हो जाएँ

देखिए यह रहा मन्दिर
आइए आइए
जूते उतारने की कोई ज़रूरत नहीं
देवता गए
खारे पानी से धुलते-धुलते रूखे हो गए थे
सो एक दिन धरती फाड़कर
पाताल के रास्ते उधर चले गए
जहाँ मीठे पानी की नदियाँ बहती हैं

जब वे गए तो कई मकानों की पगड़ियाँ
ज़मीन पर गिर पड़ीं
सालिम की हवेली से
उनके आँगन साफ़ दिखाई देने लग गए
जहाँ लुगाइयाँ
दुखों को बीनते हुए पानी और प्यार के गीत गाती थीं

आइए, मन्दिर की छत पर चलते हैं

वो रही सालिम की हवेली
क्या कहा...होंगी और भी, एक यहाँ भी थी
...बिलकुल सही कह रहे आप
सालिम दिख रही
सोचिए, जब सब नष्ट हुआ
तो यह कैसे खड़ी?"
—क्या इसे फिर से...

"बिलकुल सही कहा आपने
सरकारें सालिमों के अड्डों की बहुत परवाह करतीं
आपके देश में है किसी ज्ञानी
किसी कवि का घर सुरक्षित? नहीं न?
मगर काफ़ी हुक्मरान के ऐशगाह ज़िन्दा हैं
क़ालीन बिछाओ और नाच शुरू

अब ज़रा अपनी आँखों के कैमरे को पैन कीजिए
पैन नहीं समझते आप
विहंगम दृष्टि भाई साहब विहंगम दृष्टि
दिखा कुछ
हाँऽऽऽ, बिल्कुल सही कह रहे आप—

घर जैसे घरौंदे न छत न छप्पर न छतरी
केवल दीवारें नंगी और नुकीली
रेगिस्तान की अथाह रेत

और तीन सौ बरस के अकूत लम्हों के बावजूद
ये दीवारें जैसे फटी आँखों की पलकें
जिनके बीच अचरज की जगह ख़ालीपन
ये आँखें सात सौ साल पुरानी हैं
इन्हें भीगे तीन सौ बरस हुए

जिन गलियों से गुज़र रहे आप
यहाँ मंत्र खड़ाऊँ पहनकर चलते थे
और कुदाल जूते
ये दुनिया की सबसे प्यासी गलियाँ हैं
चार सौ बरस
सिर्फ़ अल्हड़ छोरियों के घड़े की छलकन
पीकर नरम रहीं कि दूध पीते बच्चे खेलें
तो घुटने न छिलें उनके

घरों की यह क़तार देख रहे हैं नऽ
छोटे और सुन्दर और सलीक़ेदार
कभी यहाँ लावण्य और मर्यादाओं का वास था
आज सब उघार
अन्दर चलना चाहते हैं
घुस जाइए किसी में
न किवाड़ न साँकल न रोक न टोक
चलिए इस घर के भीतर चलते हैं
वो गाड़ी देख रहे हैं न छोटी-सी
चल पड़ने के लिए आज तक जीवित है
जैसे जल पड़ने के लिए वह चूल्हा
उसे बाजरे के आटे की महक बहुत पसन्द थी
चूड़ियों की आवाज़ भी
और नरम हथेली का गीला स्पर्श
इसकी देह में अन्न के लिए की गई प्रार्थनाओं की
करुण ध्वनियाँ हैं

जिसे रोज़ शाम लाल होता सूरज सुनता है
और रेत में मुँह छुपाकर मर जाता है

लोग तो चले गए मगर उनकी आवाज़ें अब भी हैं यहाँ
यक़ीन न हो तो उस चक्की को चलाकर देखिए
आँगन पिसान के गीत से महक उठेगा

सुबह और शाम गाएँ रँभाती है यहाँ
जेठ की दोपहरी में ऊँट हाँफते हैं
गलियों में बच्चों का न होना बोलता है
और आँगन में उनका न रोना
वहाँ दरवाज़े पर एक चौखट हुआ करती थी
होती तो हुक्के की गुड़गुड़ाहट
और मरने के ठीक पहले वाली खाँसी से आपको मिलवाता

आइए भीतर आइए यह शयनकक्ष है

शाम ढले वहाँ उस ताक़ पर एक दीया गुनगुनाता है
और बाहर की रेत जब ठंडी हो जाती है
तो यहाँ इस दरीचे के पास सहवास का संगीत सुनाई देता है

ये बातें इतिहास नहीं जानता
उसे क्या पता
कि यह कमरा उस स्त्री का है
जिसने सबसे अन्त में छोड़ा था गाँव
इस कमरे में उसके चुम्बनों का शोर सोता है
मगर इसका कोई प्रमाण नहीं
तो इतिहास क्यों दर्ज करे

क्यों दर्ज करे इतिहास
कि जो गए वे बेहद भले लोग थे
वे अपने सारे दुःख सारे आँसू ले गए
मन की मैल रंजिश घृणा और क्रोध

अपनी भूख प्यास
कमज़ोरियाँ और रोग
अपनी वासनाएँ और प्रेम की कहानियाँ
अपना जीवन अपना भविष्य
अपनी सारी नश्वरताएँ ले गए

बस कुछ मंत्र कुछ प्रार्थनाएँ और एक आलोक छोड़ गए
कि आप जब आएँ तो देख सकें—
एक भविष्य यह भी हो सकता है
कुल
धरा
का...

कहते-कहते उसकी साँसें
अलगोजे की तरह बज उठीं
मुझे लगा, मैं सामने वाली दीवार हो गया हूँ

बमुश्किल पूछा—आप कौन?

बूढ़े ने कहा—उस सरस्वती का बेटा जो अब नहीं है!

हासिल क़द का क्या करें कितना मोड़ें पाँव
घड़ी-घड़ी घटती हुई निठुर नीम की छाँव

सफ़र शदीद है

1

आँगन के बाद ड्योढ़ी
फिर चौखट
फिर गली
फिर पगडंडी
फिर सड़क
फिर बाज़ार
फिर भी चलते रहे
तो जंगल या समुद्र या रेगिस्तान!

2

रेगिस्तान सिर्फ़ वही नहीं
जिनके नाम भूगोल की पोथियों में लिखे हैं
पानी कम हो तो मस्लेहत का सफ़र भी ऊँट माँगता है

रेतीली आँधियों के बीच
सदियों पुराने शब्द पास आए
और भरोसे की तरह बोले
कि हम तेरे हैं, बाँध लो अपने भीतर

किसके रेगिस्तान ख़त्म हुए
वे तो समुद्र के भी पड़ोसी
नील जानती है रेत का स्वाद
गंगा सीख रही है

पुराने शब्द ही ऊँट हैं मेरे
लिए जा रहे उधर
शायद अधिक पानी या घर की तरफ़

क़ाफ़िले में नए शब्द भी शामिल हैं
दौड़कर चलते हुए जल्द हाँफ जाते

तो पुराने वाले सिखाते
सभ्यता की तरह नहीं
कविता की तरह चलो
पानी कम ख़र्च होगा!

3

बदलते मौसमों के बीच
उस रेगिस्तान में रेंगता हूँ
जहाँ हथेली-भर सब्ज़ा
नौ महीने बाद पैदा होता है
और बावड़ी तक जाने की दूरी
मीलों से नहीं उम्रों से नापी जाती है

पसीने की बूँदों की तरह गिरते हैं कुछ शब्द
और ख़त्म हो जाते हैं

फिर भी बुरा नहीं है सफ़र
गो सुल्तानी नहीं
कि मय रसद और शराब
फ़ौज और हरम भी साथ

रह-रह कर हवा में
गीला एक दामन लहराता है
एक बुरे वक़्त में मरने से बच गए मेरे शब्द
जानते हैं कि वह सराब नहीं

सफ़र शदीद है
नहीं जानता कि मेरा सबसे प्रिय शब्द
अपनी अन्तिम बूँद किसी बावड़ी को देगा
या ख़त्म हो जाएगा दूसरे शब्दों के गर्म खुरों के नीचे!

शोक

मैं सरोवर की तरफ़ कल भी गया था
मगर वहाँ कोई नहीं था
इतना ज़्यादा नहीं कि सन्देह हुआ—
मैं कहीं और तो नहीं आ गया

फिर भी आगे गया
देखा—सरोवर थिर है मछलियाँ अचेत
वृक्षों के पत्ते निष्कम्प
डालों पर बैठे पंछी जैसे स्तब्ध
चींटियाँ तक चित्रलिखित

आख़िर हुआ क्या किससे पूछूँ
धीरे-धीरे बढ़ता हूँ आगे तो देखता हूँ
सीढ़ियों पर पड़ा एक नीला-सा पंछी निष्प्राण

लगा इसे जनता हूँ

मेरा न सही मेरी कविता का कुछ न कुछ ज़रूर
न सही यह इसका रंग इसकी उड़ान
इसकी कोई पीड़ा कोई थकान

अब मैं भी चुप

तो यह शोक था
जिसने सारी उपस्थितियों को चुप करा दिया था

बड़ी देर बाद ज़ोर से खींचता हूँ साँस
और सोचता हूँ यह भी उसी संसार में
जहाँ हत्या डंके की चोट पर
आत्महत्या सीधा प्रसारण पार्श्व संगीत के बीच
क़त्ल-ए-आम बाजे-गाजे के साथ
और शोक जताने के तरीक़े पर इतनी बहसें
कि कान के पर्दे फट जाएँ!

ईहागच्छ! उपविश!!

गोद ने कहा—ठहर जाओ
सूखे आँचल ने कहा—ठहर जाओ
बूढ़ा पेड़ भी खाँसा—ठहर जाओ
उस पर बैठे दो-चार पंछियों ने भी कहा—ठहर जाओ

हवा में उड़ते हुए पानी ने चिढ़ाया—बाबा, कोरस में पुकारो
इकलौता बूढ़ा पेड़ और ज़ोर से खाँसने लगा
उसके पत्ते झरते रहे...पंछी फड़फड़ाते रहे
पानी उड़ता रहा...ऊपर
बहुत ऊपर और ओझल हो गया

बूढ़े पेड़ की खाँसी रुकी तो बड़बड़ा उठा—
कहीं जाओ मेरे प्राण
लौटना तो होगा ही
कि धरती के बाहर तुम्हारा कोई घर नहीं
लौटोगे तो ज़रूर मगर वहाँ

जहाँ कोरस घना और ऊँचा होगा

मुमकिन है यहाँ भी आओ
मगर मेरे प्राण, तुम्हारी यादों की नमी के सहारे
कब तक जीवित रह पाएँगे हम
जब लौटोगे तो हो सकता है
यह सरोवर और उसकी टूटी-फूटी सीढ़ियाँ भी न हों
दूब का एक तिनका तक नहीं
कि धरती कह पाए—ईहागच्छ! उपविश!! उपविश हे वरुण!!!

विराग

आग्रह की अगरबत्तियाँ जल चुकीं
विग्रह को समर्पित सुमन खो चुके अपनी सुगंध
सब के सब बासी सुखों की तरह मुरझाए पड़े हैं
मगर होम किए गए दुखों की राख अब भी धुआँती है
और आँखें गीली की गीली
पास के सिक्के और दूर के कँगूरे सब धुँधले
मूर्ति और मानुस सब के मुख मलीन

सरोवर ही जानता है—
कितने देवता विसर्जित
कितनी ऋचाएँ कितने श्लोक कितने मंत्र
फलाफल के कितने प्रसंग
अर्चना के कितने दीप सिराए जा चुके

अब तो बस आँसुओं से तर एक पीला गमछा बचा है
जिसे पीताम्बर की तरह ओढ़े

व्याधे की प्रतीक्षा में अधलेटा हूँ
उसी सरोवर की उन्हीं सीढ़ियों पर
ज़हाँ किसी रोज़ शरद की स्मिति ने
अपने भीतर जाने की राह दिखायी थी!

वसीयत

जब माटी हो जाए यह देह
तो मुझे सेमल की जड़ों के पास गाड़ देना
मैं सेमल के फाहे बनकर
दुनिया में लौटना चाहता हूँ

चैत से वैशाख को जाती हवा में
उड़ने के बारे में सोचते हुए मेरे रोएँ
अभी से कपास हो गए हैं

प्रकृति से पार्थना है
कि मेरे कुछ अंश उनके हाथों चुनवाए
जो नन्हें फ़रिश्तों के लिए तकिए बनाते हैं
और कुछ उनके हाथों
जो ज़ख़्मों पर मरहम लगाने के लिए फाहे

जानता हूँ कि कुछ अंश मिलों तक ज़रूर पहुँचेंगे

मुझे एतराज़ नहीं
एक निर्वसन आई-गई देह किसी का वसन बने
इससे बड़ा भाग्य और क्या

मगर ऐ मेरी साँस
कम-से-कम एक फाहा ले जाना वहाँ
जहाँ सूने सरोवर की सीढ़ियों पर
किसी को मेरा इन्तज़ार होगा
गुज़ारना मुझे कुछ यूँ कि मेरा उजास
उसकी आँखों में समा जाए
और फिर गुम कर देना
उसकी कपास हो चुकी ज़ुल्फ़ों के बीच

और सुनो, गर न मिले वो
तो गिराना उस गौरैये की चोंच के पास
जो अपने लिए घोंसला बना रही!

कविता को सब पता है

बोतल फ्रिज नल कुआँ बावड़ी सब सूखे
नदियों के घाट और पाट एक
सारे प्राणियों की काया निर्जल
सबसे अन्त में मरे ऊँट के बदन पर रेंगने के लिए चींटियाँ
और गिद्धकर्म के लिए दीमक तक नहीं

बचे-खुचे वृक्ष नाख़ून की तरह खड़े हैं
पृथ्वी के अन्त:पुर तक में हाहाकार
काया पत्थरों से भी अधिक कड़ी
ज्वालामुखियाँ चाहकर भी नहीं उगल पा रहीं
अपने अन्तस की पिघली हुई आग

सरोवर की सीढ़ियों पर बैठी कविता को सब पता है
कि कैसे और कब दहकेगी पृथ्वी
कि उस दिन भी वह
दिशाओं के होंठों पर

ऊदे रूमाल की तरह टिके बादलों के बीच होगी
एक लम्बे आषाढ़ को पुकारती हुई
अगले मन्वन्तर की छठी के लिए सोहर के बोल सँजोये!

❂❂❂